Fêtes G
Songs
Words

An English-French Edition

Paul Verlaine
"The Prince of Poets"

Translated By Richard Robinson

Sunny Lou Publishing Company
Portland, Oregon, USA
http://www.sunnyloupublishing.com

1st Edition Revised and Corrected: May 30, 2022

Translation Copyright © 2022 Richard Robinson.
All rights reserved.

ISBN: 978-1-955392-20-4

# # #

This translation from French is based on *Fêtes galantes* and *Romances sans paroles* as contained in the Robert Laffont edition of *Paul Verlaine, Œuvres Poétiques Complètes,* Paris, 1992.

Contents

Fêtes Galantes 5
Songs Without Words..29
    Forgotten Ariettes 29
    Belgian Landscapes...36
    Aquarelles...46
Fêtes galantes (French)..53
Romances sans paroles (French) 79
    Ariettes Oubliées..79
    Paysages Belges...85
    Aquarelles...95

Fêtes Galantes

MOONLIGHT

Your soul is a choice landscape
Where charming masques and bergamasques go
Playing the lute and dancing and almost
Sad under their fantastic disguises.

Singing in the minor mode
Of vanquishing love and opportune life,
They don't have the air of believing their joy
And their song blends with the moonlight.

In the calm moonlight, sad and beautiful,
Which makes birds in the trees dream
And jets of water, large svelte jets of water
Amidst the marble, sob with ecstasy.

PANTOMIME

Pierrot, who is nowise like Clitandre[1],
Empties a flask without further ado
And, practical, bites into a paté.

Cassandre, at the end of the avenue,
Sheds an unobserved tear
Over his disinherited nephew.

That rascal Harlequin plots
The abduction of Colombine
And four times pirouettes.

Colombine dreams, surprised
At feeling love in the air
And hearing voices in her heart.

---

[1]Clitandre: a character in the eponymous play by Corneille.

ON THE GRASS

"The abbot raves." "And you, marquis,
You've got your peruke on backwards."
"This old Cyprian wine is less exquisite
Camargo, than your neck's nape."

"My passion..." "Do, mi, sol, la, si."
"Abbot, your secret plan is exposed!"
"Allow me to die, Ladies,
If I cannot pull down a star!"

"I'd like to be a little pooch!"
"Let us embrace our shepherdesses one
After the other." "Gentlemen, eh well?"
"Do, mi, sol." "Hey! Goodnight! The Moon!"

THE WALK

Made up and painted as at the time of pastorals,
Frail among the enormous knots of ribbons,
She passes, under darkened boughs, onto the path
Where green moss covers the benches,
With a thousand airs and a thousand affectations
Seen ordinarily among cherished budgies.
Her long dress with tails is blue, and the fan
She creases in her ringed, slender fingers
Celebrates two erotic subjects, so vaguely
That she smiles, day dreaming, on many details.
– Blonde in sum. Her cute nose with the incarnadine
Mouth, thick and divine with unconscious pride. –
Moreover, finer than the beauty mark that adds
A sparkle to that somewhat silly look in her eye.

ON THE PROMENADE

The sky so pale and the trees so spindly
Seem to smile at our bright costumes
Which go floating lightly with the airs
Of nonchalance and the movements of wings.

And the gentle wind ripples the lowly basin,
And the light of the sun which attenuates
The shade of the low-hanging linden trees along the path
Seems blue to us and dying by design.

Exquisite poseurs and charming coquettes,
Tender hearts, but bound by no oath,
We converse deliciously,
And lovers fondle lovers each to each,

One of whose hand knows how imperceptibly
To give a slap betimes that another exchanges
For a kiss on the extreme phalange
Of a little finger; and as the thing is

Tremendously excessive and wild,
One is punished by a very stern look,
Which contrasts incidentally with
The other's rather mild pout of the mouth.

IN THE GROTTO

Now, I'm killing myself at your knees!
For my distress is infinite,
And the frightening tigress of Hyrcania
Is a lamb compared to you.

Yes, now, cruel Clymene,
That sword that in many a combat
Laid so many Scipios and Cyruses flat,
Will end my life and pain!

Do I have need of it even
To descend to the Elysian Fields?
Have not Love's sharpened arrows pierced
My heart since your eye glinted at me?

THE INGENUOUS

The high heels struggled with the long skirts,
Such that, with the wind and terrain,
Your stockings flashed sometimes, too often
Intercepted! – and we loved that fool's game.

Sometimes also the stinger of a jealous bee
Menaced the collar of belles beneath the boughs,
And it was a sudden shining of pale napes,
And that regale surfeited our young fools' eyes.

Evening fell, an equivocal evening of autumn:
The belles, dreamy, hanging on our arms,
Spoke such plausible words, beneath their breaths,
That our soul, since then, shivers and is amazed.

CORTÈGE

An ape in a brocaded jacket
Trots and gambols in front of her
Who artfully crumples a lace
Handkerchief in a gloved hand,

While a pickaninny all red in the face
Holds with all her strength the tails,
In suspension, of milady's heavy dress,
Attentive to each moving fold;

The ape can't take his eyes off
The woman's white bosom, opulent
Treasure that the naked torso of
One of the gods claims for his own;

The pickaninny betimes raises
More than necessary, the naughty servant,
Her sumptuous burden, so that
He might see what he dreams of at night;

She takes the stairs,
And no longer seems aware
Of the insolent suffrages
Of her regular animals.

THE COQUILLE

Each incrusted coquille
In the grotto where we made love
Has its particularity.

This one has our souls' purple
Hidden in the blood of our hearts
When I'm hot and you're on fire;

That one affects your languors
And your pallors when, surfeited,
You grudge me with mocking eyes.

This other one imitates the grace
Of your ear, and that one
Your pink nape, short, plump;

But one, in particular, troubled me.

PETTING[2]

We were duped, you and me,
By mutual machinations,
Madame, because of the emotion
Summer played on our minds.

Spring had contributed
Quite a little, if I remember correctly
To messing up our game, but
In how less a dark way!

For in spring the air is so fresh
That the nascent roses,
Which Love seems to open express,
Have innocent scents almost.

And even the lilacs are exquisite
Exhaling their peppery breath,
In the ardor of a new sun:
That excitant at most recreative.

As long as the zephyr blows, mocker,
Dispersing the aphrodisiacal
Fragrance, so that the heart lies idle
And even the mind wanders,

And so that, tantalized, the five senses
Begin then to live it up.
But alone, all alone, quite alone and without
The crisis mounting to one's head.

That was a time, under clear skies,
(Do you remember it, Madame?)
Of superficial kisses and feelings
That touched the soul.

---

[2]Petting: the original title in French is "*En Patinant*," from *patiner*, which has multiple meanings, of which one is (amorous) "petting" and another is "skating" or "gliding."

Exempt of crazy passions,
Filled with an affable benevolence,
While the two of us benefited
Without enthusiasm – and without pain!

Happy moments! – but Summer came:
Adieu, refreshing breezes!
A wind of deep voluptuousness
Invested our astonished souls.

Flowers with vermillion calixes
Launched their ripe odors at us.
And everywhere the same counsels
Dropped on us from the branches.

We ceded to all that,
And it was quite a ridiculous
Vertigo that terrified us
As long as the dog days lasted.

Idle laughs, tears for no reason,
Hands indefinitely pressed,
Clammy sadnesses, swoons,
And what vagueness of thought!

Autumn, happily, with
Its cold days and frigid breezes,
Corrected us, cut and dry,
Of our bad habits,

And misled us brusquely
Into an elegance demanded
Of each irreproachable lover
As by every dignified mistress...

Now it is Winter, Madame, and our
Gamblers tremble for their purse,
And already other sleighs

Dare contest us the course.

Both hands in your muff,
Stay put on your seat, and
Let's go! – soon Fanchon will decorate us –
Despite all our chattering!

CYTHERA

An openwork pavilion
Gently shelters our joys
Which friendly rosebushes freshen;

The roses' odor, mild, in
The slight estival wind that blows,
Mixes with her perfumes;

As her eyes had promised,
Her courage is great, and her lips
Communicate an exquisite fervor;

And, Love overcoming all but
Hunger, sorbets and confitures
Safeguard us from our aches.

ON A BOAT

The shepherd's star flickers
In the darker water and the pilot
Seeks a lighter from his pocket.

The time is now, Gentlemen, or never
To be bold, and I place my two hands
Everywhere going forward!

The chevalier Attis, who strums
His guitar, at Chloris, the ingrate,
Makes villainous eyes.

The abbot confesses Églé,
And that dissolute viscount of the fields
Gives the key to his heart.

However, the moon rises
And the skiff in its brief course
Runs gaily over dreamy water.

THE FAUN

An old terracotta faun
Laughs at the center of the green,
Presaging doubtless a bad outcome
To those serene moments

That led me and you here,
Melancholic pilgrims,
At that moment when we whirl round
To the tambourins' sound.

MANDOLIN

The serenaders
And the beautiful listeners
Exchange banal words
Beneath the singing boughs.

It's Tircis and it's Aminte,
And it's the eternal Clitandre,
And it's Damis who for many a
Cruel woman writes many a tender verse.

Their short silk jackets,
Their long dresses with tails,
Their elegance, their joy,
And their soft blue shadows
Whirl round in the ecstasy
Of a moon pink and gray,
And the mandolin chatters
Amidst breezy shivers.

TO CLYMENE

Mystical barcarolles,
Songs without words,
Dear, given your eyes,
    The color of skies,

Given your voice, strange
Vision that destroys
And perplexes the horizon
    Of my reason,

Given the notable aroma
Of your pallor of a swan,
And given the candor
    Of your odor,

Ah! given your entire being, –
Music that penetrates,
Nimbuses of defunct angels,
    Tones and perfumes, –

Has, on nutritive cadences,
In its correspondences,
Misled my subtle heart, –
    So be it!

LETTER

Removed from your sight, Madame, by imperious
Efforts (may all the gods be my witness),
I languish and I die, as is my custom
In like case, and go, heart full of bitterness,
Through worry where your shadow follows me,
At day in my thoughts, at night in my dreams,
And night and day, adorable, Madame!
So that finally, my body giving way to my soul,
I become a phantom in turn, also, me,
And then, and among the lamentable emotion
Of vain embraces and countless desires,
My shadow becomes lost in yours.

While waiting, I am, very dear, your valet.

Is everyone behaving as you wish over there,
Your budgie, your cat, your dog? Is the company
Always beautiful, and that Silvanie
Whose black eyes I would have loved if yours were not blue,
And sometimes makes signs at me, *palsambleu*!
Does she still act like your little confidant?

Now, Madame, an impatient project haunts me
To conquer the world and all its treasures in order
To place at your feet this – unworthy – pledge of a lover
Equal to all the most celebrated flames
That great hearts have made illuminate the darkness.
Cleopatra was less loved, yes, my faith!
By Marc Antony and by Caesar than you by me,
Do not doubt it, Madame, and I will learn to combat
Like Caesar for a smile, o Cleopatra,
And like Antony running away for the price of a kiss merely.

With that, most dear, *adieu*. For it's too much chatting,
And the time one spends reading a missive
Will never be worth the effort one takes to write it.

THE INDOLENTS

– Bah! Despite jealous destinies,
Let's die together, you want to?
– The proposition is rare.

– Rare is good. Let's die then
As in the Decamerons.
– He! he! he! What a bizarre lover!

– Bizarre, I don't know. Lover,
Irreproachable, assuredly.
If you want, let's die together?

– Monsieur, you mock even more
Than you love, and speak words of wisdom;
But let's stop talking, okay? –

So that this evening Tircis
And Dorimène, seated together
Not far from two beaming sylvans

Made the inexpiable mistake
Of adjourning an exquisite death.
– He! he! he! What bizarre lovers!

COLOMBINE

Leandre the sot,
Pierrot who bounding
    Like a flea
Jumps over the bush,
Cassandre under his
    Capuche.

Harlequin too,
That so fantastic
    Scoundrel
With the crazy costumes,
His eyes sparkling under
    His mask,

– Do, mi, sol, mi, fa, –
All that world goes,
    Laughs, sings,
And dances before
A beautiful naughty
    Child

Whose perverse eyes
Like the green eyes
    Of cats
Guard his charms
And say: "Down with
    Paws!"

– They will go on forever!
Fateful course
    Of the stars,
Oh! Tell me to what
Gloomy or cruel
    Disasters

That implacable child,

Nimble and lifting
    Her skirts
Rose in her hat,
Conducts her troop
    Of dupes?

LOVE ON THE GROUND

The wind the other night knocked down Love
Who, in the most mysterious corner of the park,
Was smiling while tautening his bow,
And whose pose made us think of him till dark!

The wind knocked him down! The marble's dust
In the morning wind swirls, scattered. It's sad
To see the pedestal, where the name of the artist
Can hardly be read anymore in the tree's shade.

Oh! it's sad to see the pedestal standing
All alone! And melancholic thoughts go
And come in my dream where profound sorrow
Conjures up a solitary and fatal tomorrow.

Oh! it's sad! – And you yourself, no? are touched
By so sorrowful a scene, although your frivolous eye
Is amused by the purple and gold butterfly
Flittering above, on the path, the marble debris.

ON MUTE

Calm in the half light
That tall branches make,
Let's fathom our love
For this deep silence.

Let's join our souls, our hearts,
And our ecstatic feelings,
Amidst the vague languors
Of pine trees and strawberry trees.

Half-close your eyes,
Cross your arms over your chest,
And with your dozing heart
Chase away every intent.

Let's let ourselves be convinced
By the breeze, cradling and gentle,
That blows at your feet and sends ripples
Through the russet grass.

And when the evening, solemn,
From the black oak trees falls,
The nightingale, voice of our despair,
Will start singing again.

SENTIMENTAL COLLOQUY

In the old park, frozen and solitary,
Two forms have just walked past.

Their eyes are dead and their lips are quiet,
One can barely hear what they mutter.

In the old park, frozen and solitary,
Two specters have conjured up the past.

"Do you remember our old rapture?"
"Why do you want me to remember?"

"Does your heart still flutter at the mere mention
Of my name? Do you see me still in your dreams?" "No."

"Ah! Those wonderful days of inexpressible joy
When we pressed our lips together!" "It's possible."

"How fine the sky was, and how great the hope!"
"The hope has flown, vanquished, into the black sky."

As such they walked among the wild oats,
And the night alone could hear what they spoke.

Songs Without Words

Forgotten Ariettes

> *Le vent dans la plaine*
> *suspend son haleine.*[3] – FAVART.

    I

It's the languorous ecstasy,
It's the amorous fatigue,
It's all the shivers in the wood
In an embrace by breezes,
It's, on grey branches,
The choir of little voices.

O the frail and fresh murmur!
That babbles and whispers,
That resembles the soft cry
That the stirred grass expires...
You might say, under the water that turns,
It's the silent rolling of stones.

This soul that laments
In this dormant plaint
It is ours, isn't it?
Mine, say, and yours,
Whose humble refrain emerges
This warm evening, softly?

    II

---

[3]*Le vent...*: French for "The wind on the plain holds its breath."

I catch, through a murmur,
The subtle contour of ancient voices
And in the musical glimmers,
Pale love, a future dawn!

And my soul and my heart in delirium
Are no more than a kind of double eye
Where quavers on a turbid day,
The *arietta*, alas! of all lyres.

O to die of this death alone
That goes, – dear love, you are afraid, –
Balancing young and old hours!
O to die of this swinging motion!

III

Il pleut doucement sur la ville.[4] – ARTHUR RIMBAUD.

My heart weeps
As rain falls on the city;
What is this languor
That makes my heart weep?

O soft noise of the rain
On the ground, on the roofs!
For a heart that grows weary
O song of the rain!

It weeps without reason
In this heart that feels ill.
What! No treason?...
This mourning's without reason.

It's really the worst kind of pain
Not knowing why

---

[4] *Il pleut doucement sur la ville*: French for "It rains softly on the city."

Without love, without disdain,
My heart feels so much pain!

      IV

          De la douceur, de la douceur, de la douceur.[5] – UNKNOWN.

You must, you see, pardon us these things.
In this way we will be quite happy,
And if our life has some morose moments,
At least we'll be, isn't that right? two mourners.

O let's mix, sister souls that we are,
Into our confused vows the puerile sweetness
Of wandering far from men and women,
In the cool oblivion of what exiles us!

Let's be two children, two young women
Taken with nothing and totally surprised,
Who turn pale under chaste arbors
Without even knowing they're pardoned.

      V

          Son joyeux, importun, d'un clavecin sonore.[6] – PÉTRUS BOREL.

The piano that a frail hand touches
Glimmers in the pink and grey evening, vaguely,
While with a very slight sound of wings
An air, quite old, quite feeble, and quite charming
Wanders discreetly, fearful almost,
Through the boudoir still scented by Her.

What is this cradle suddenly

---

[5]*De la douceur...*: French for "Softly, softly, softly."

[6]*Son... sonore*: French for "Joyous, importunate, sound of a sonorous clavier."

That slowly coddles my poor being?
What is it you wish from me, soft, playful song?
What did you want, fine, uncertain refrain
That soon goes and dies by the open window
Looking out over a little garden?

VI

It's Jean de Nivelle's dog
That bites under the watchful eye even
Of Michel's mother's cat,
François-Blue-Stockings is delighted.

To the writer for hire, the moon
Dispenses its dark light
Where Medoro and Angelica
On the poor wall turn green.

And here comes La Ramée
Cursing, like a good soldier of the King,
Under his infamous white habit,
His heart can't keep from rejoicing:

For the baker's wife... Her? – Yes, damn!
Bernant Lustucru, her old man,
Has soon crowned his flame...
Kids, *Dominus vobiscum!*

Place! In her long blue dress
Entirely made of satin, and that frou-frous,
It's a prostitute, *palsambleu*!
In her chair who must be bought,

Whether philosopher or curmudgeon,
For so much gold in boss stands out
That this insolent luxury mocks
All the papers of Monsieur Laws!

Get back, crusty Robin! *place*,
Little dumpy man, little abbot,
Little poet never tired
Of the rhyme not found out!...

Here comes the true night...
But never weary
Of being inattentive and naïve,
François-Blue-Stockings is delighted.

VII

O sad, sad was my soul
Because of a woman.

I'm not consoled
Although my heart has moved on,

Although my heart and my soul
Have gone far from that woman.

I'm not consoled,
Alhough my heart has moved on.

And my heart, my too febrile heart,
Said to my soul: "Is it possible,

This cruel and sad exile? –
Would that it were true!"

My soul responded: "Do I know
Myself whether this trap wants us

To be present, although exiled,
While far away from her?"

VIII

In the interminable
Annoyance of the plain,
The uncertain snow
Glitters like sand.

The sky is bronze
Without light.
One would think he saw the moon
Rise and fall

Like clouds
Floating grey, the oaks
Of the nearby forests
Amidst fogs.

The sky is bronze
Without light.
One might think he saw the moon
Rise and fall.

Breathless crow
And you, famished wolves,
In these bitter northwinds
What's gotten into you?

In the interminable
Annoyance of the plain
The uncertain snow
Glitters like sand.

IX

> *Le rossignol qui du haut d'une branche se regarde dedans, croit être tombé dans la rivière. Il est au sommet d'un chêne et toutefois il a peur de se noyer.*[7]
> — Cyrano de Bergerac.

The shadow of the trees in the river with a mist over it
    Vanishes like smoke,
While in the air, amidst real branches,
    The turtledoves lament.

How much, o voyager, has that wan landscape
    Reflected your wan self,
And how sadly, in the lofty leaves,
    Have your drowned hopes wept!

— May, June '72.

---

[7] *Le rossignol... noyer:* French for "The nightingale that from the top of a branch sees himself within the river, believes he has fallen into it. He is at the top of an oak tree and yet he is afraid of drowning."

Belgian Landscapes

Conquests du roy – Vielles estampes.[8]

WALCOURT

Bricks and tiles
O charming
Little asylums
For lovers!

Hops and vines
Leaves and flowers,
Distinguished traps
For hearty drinkers!

Open air pavilions,
Beers, clamors,
Beloved servants
For all smokers!

Nearby train stations,
Gay highways...
What godsends,
Good wandering Jews!

– July '72.

---

[8]*Conquests... estampe*s: French for "Conquests of the king. – Old stamps."

CHARLEROI

In the black grass
The Kobolds go.
The deep wind weeps,
One wants to believe.

What to feel then?
The oats whistle.
The bush slaps
One's eyes in passing.

Dumps rather
Than houses.
What horizons
Of red forges!

One feels what then?
Train stations thunder,
One eyes are surprised,
Where's Charleroi?

Sinister scents!
What is it?
What was that rattling
Like sistrums?

Brutal sights!
Oh! your breath,
Human sweat,
Metal screeches!

In the black grass,
The Kobolds go,
The deep wind weeps,
One wants to believe.

BRUSSELS

Simple Frescoes

I

The passage of hills and slopes
Is greenish and rose,
In the lamps' half-light
Their blurriness shows.

On the low ravines the gold
Turns dark red slowly,
In the small trees an old
Songbird sings feebly.

As so many appearances
Of autumn fade, I'm sad;
All my languors, all my dreams,
Are rocked by the monotonous air.

II

The path is endless
Under the sky, divine
Thus being so pale!
You do know we would
Be fine under the secrecy
Of those trees there?

The well-dressed gentlemen,
Clearly friends
Of Royers-Collards,
Go towards the chateau;
I would highly esteem
Being one of those old men there.

The chateau is bright white
With, on one side of it,
The setting sun and
The fields all around it.
O! why isn't our love
Comfortably nested there!

    – Estaminet du Jeune Renard, August '72.

BRUSSELS

Wooden Horses

> *Par saint Gille,*
> *Viens-nous-en*
> *Mon agile Alezan.*[9] – VICTOR HUGO.

Round and round, good wooden horses,
A hundred times, a thousand times,
Round and round, often and always,
Round to the sound of the hautboys.

The fat soldier and the plumper domestic
Ride on your backs as if in a room,
For in the Bois de la Cambre today
The two masters are here in the flesh.

Round and round, horses of their heart,
While all around your tourneys
The clever rascal blinks both eyes,
Round to the sound of the conquering cornet.

How ravishing that it intoxicates you,
Going just like that to that silly circus!
On a full stomach but with a headache
For the huge harm and benefit of the crowds.

Round and round without any need
To use your spurs at all,
To order your gallops round,
Round and round with no hope of hay.

And giddy up, horses of their soul:
The night is already falling when
Pigeon and dove will mate
Far from the faire, far from madame.

---

[9]*Par... Alezan!*: French for "By Saint Gille, come hither, my agile Alezan!"

Round and round! The sky in velours,
The stars in gold, adorn themselves slowly.
There go the lovers hand in hand,
To the joyful sound of tambours, turn round!

    – Saint-Gilles fairground, August '72.

SPRING TIDES

Near the meadows, the wind picks a fight
With the weathervanes, the fine detail
Of some alderman's chateau,
Red brick and blue slate,
Near the bright, endless meadows...

While the trees of færies,
Ash trees, and their vague foliages,
Make a terrace of a thousand horizons
To that Sahara of prairies,
Trefoil, lucerne, and white lawns.

The wagons file by in silence
Amidst those calmed sites
Sleep, cows! Repose,
Gentle bulls of the immense plain,
Under your nearly iridescent skies.

The train glides by silently,
Each wagon is a salon
Wherein one speaks softly and where
One loves at leisure this nature
Made to desire for Fénelon.

    – August '72.

BIRDS IN THE NIGHT

You had no patience,
That's understandable unfortunately, besides.
You are so young! And insouciance
Is the bitter lot of the celestial ages!

You lacked all sweetness,
That unfortunately however is understandable;
You are so young, o my frigid sister,
Why must your heart be indifferent!

And here I am too, full of chaste pardons,
No, of course not! Joyful, but very calm in sum
Though I deplore in these ill-fated months
Being, thanks to you, the least happy man.

But you know quite well I was right
When I said to you, in my dark moments,
That in your eyes, hearth of my old hopes,
Smolders nothing but betrayal anymore.

You swore then that it was a lie
And your look that itself lied
Flamed like a dying fire that one stokes,
And with your voice you said: "*Je t'aime!*"

Alas! One always begins with the desire
That one has to be happy despite the season...
But that was a day full of bitter pleasure
When I realized I was right!

Also, really, why should I grumble?
You do not love me, the affair is over,
And, not wishing that anyone might pity me,
I will suffer with a resolute soul.

Yes! I will suffer, for I did love you!

But I will suffer like a good soldier
Who, wounded, goes to sleep each night
Full of love for an ungrateful country.

You who were my Belle, my Dear,
Although the source of my sufferance,
Are you not then always my Country,
So young and foolish like France?

Now, I don't wish to – may I, to begin with? –
Plunge my tearful regards into this.
But my heart, which you believe dead,
Has perhaps its eyes wide open finally.

My love which is merely a reminiscence –
Under your blows it bleeds and it weeps
Still, and, as far as I think, must needs
Suffer until it dies from it, –

Perhaps I am right to believe it sees
In you a remorse that is not banal
And hears you say, in its despair,
"Ah! Fie! That is so evil!"

I see you yet. I opened the door halfway.
You were in bed as if fatigued.
But, o nimble body that love excites,
You jumped up naked, in tears and gay.

And what kisses, what crazy embraces!
I was laughing about them through my tears.
Of course, those moments, between us,
Will be my saddest, and my sweetest.

I do not wish to see your smile again
And your kind eyes on that occurrence
And you, finally, whom I'd need to curse,
And the exquisite trap, nought but the appearance.

I see you yet! In a summer dress with the white
And yellow flower pattern of a curtain.
But you no longer had the moist gaiety
Of the most delirious of all our afternoons.

The little wife and the older sister
Had reappeared in her toilette
And that was already our destiny
That looked at me under your hat veil.

Be forgiven! And it's for this
That I keep, alas! with some pride,
In my memory, which cajoled you,
The side glance that your eye stole.

At times I am the pathetic ship
That floats dismasted in the tempest
And, not seeing Our Lady shine,
Prepares to founder, praying.

At times I die the death of the fisher
Who knows he's damned if not confessed
And, losing hope of finding a confessor,
Writhes in Hell, which he anticipated.

But O! At other times, I have the red ecstatics
Of the first Christian under the predatory tooth,
Who laughs in witness of Jesus, without
A nerve in his face, a hair on his head, moving!

  – Brussels, London, September-October '72.

Aquarelles

GREEN

Here are the fruits, flowers, leaves, and branches,
And here is my heart then, which beats only for you.
Treat it gently with those two white hands of yours
And may the gift be sweet in your eyes.

I come completely covered in the dew
That the morning wind froze on my face,
Suffer my fatigue, resting at your feet,
To dream of the cherished moments that refresh it.

Let my head roll on your young breast
All echoing still with your last kisses;
Let it be appeased after a good tempest,
And let me sleep a little as you are resting.

SPLEEN

The roses bloomed all red,
And the ivy was all black.

Dear, for the little you do,
All my despairs are resurrected.

The sky was too blue and tender,
The sea too green, and the air too gentle.

I'm always afraid – is it any wonder! –
Of the frightful thought of you leaving.

Of the holly bush with its waxy leaf,
And the shiny boxwood, I'm weary,

Of the infinite heath, and everything else, –
I'm tired of everything but you, alas!

STREETS

I

Let's dance the jig!

Above all I loved her pretty eyes,
Brighter than the star in the skies,
I loved her malicious eyes.

Let's dance the jig!

She really had her ways
Of making a poor lover grievous,
How terribly charming that was!

Let's dance the jig!

But I find even better
The innocent look of her lips
Now that she's dead to me.

Let's dance the jig!

I remember, I remember
The conversations and the hours,
And they're the best of my treasures.

Let's dance the jig!

– Soho.

II

O the river in the road!
Fantastically appeared
Behind a wall five-feet tall,

It rolls without murmur
Its wave opaque but pure,
Through the pacified faubourgs.

The sidewalk is very wide, in a way
That makes the yellow water fall away
Like a dead woman without the hope
Of reflecting anything but the fog
Even when the dawn illuminates
The yellow and black cottages.

    – Paddington.

CHILD WIFE

You understood nothing of my simplicity,
      Nothing, o my poor child!
And it is with an agitated, vexed face,
      That you went away.

Your eyes which should've reflected only sweetness,
      Poor dear blue mirror,
Took on a bilious tone, o lamentable sister,
      Which is hard to look at.

And you gesticulate with your little arms
      Like a villain,
Letting out sharp phthisic cries, alas!
      You who were nothing but song!

For you were afraid of the storm and the heart
      That growled and hissed,
And you bleated to your mother – o grief! –
      Like a sad little lamb.

And you have not known the light and the honor
      Of a love that is brave and strong,
Joyful in its sorrow, grave in its joy,
      Young to death!

      – London, April 2, 1873.

A POOR YOUNG SHEPHERD

I'm afraid of a kiss
Like a bee.
I suffer and I watch
Without reposing me:
I'm afraid of a kiss!

But I love Kate
And her pretty eyes.
She is delicate,
With long pallid traits.
Oh, how I love Kate!

It's Saint Valentine's!
I must but don't dare
Tell her in the morning...
The terrible thing
That's Saint Valentine's!

She promised me,
Very happily!
But what a labor
It is to be a lover
Next to a promise!

I'm afraid of a kiss
Like a bee.
I suffer and I watch
Without reposing me:
I'm afraid of a kiss!

BEAMS

She wanted to pass over the waves of the sea,
And as a benign breeze ushered in a dead calm,
We all fell in with her fine folly,
And there we were marching down a bitter path.

The sun shined high in the sky calm and smooth,
There were golden rays in her blond hair,
So we followed her steps, calmer still
Than the rolling of the waves, what delight!

White birds flew around lazily
And the all-white sails heeled over in the distance.
At times the large seawrack floated in long tendrils,
Our feet glided with a pure and broad movement.

She turned round, mildly anxious,
Thinking we weren't fully sure of ourselves,
But seeing us happy to be her favorites,
She picked up the pace again, holding her head high.

– Douvres-Ostende, aboard the "Countesse-de-Flandre," April 4, 1873.

Fêtes galantes (French)

CLAIR DE LUNE

Votre âme est un paysage choisi
Que vont charmants masques et bergamasques,
Jouant du luth et dansant et quasi
Tristes sous leurs déguisements fantasques.

Tout en chantant sur le mode mineur
L'amour vainqueur et la vie opportune,
Ils n'ont pas l'air de croire à leur bonheur
Et leur chanson se mêle au clair de lune,

Au calme clair de lune triste et beau,
Qui fait rêver les oiseaux dans les arbres
Et sangloter d'extase les jets d'eau,
Les grands jets d'eau sveltes parmi les marbres.

PANTOMIME

Pierrot, qui n'a rien d'un Clitandre,
Vide un flacon sans plus attendre,
Et, pratique, entame un pâté.

Cassandre, au fond de l'avenue,
Verse une larme méconnue
Sur son neveu déshérité.

Ce faquin d'Arlequin combine
L'enlèvement de Colombine
Et pirouette quatre fois.

Colombine rêve, surprise
De sentir un coeur dans la brise
Et d'entendre en son coeur des voix.

SUR L'HERBE

L'abbé divague.—Et toi, marquis,
Tu mets de travers ta perruque.
—Ce vieux vin de Chypre est exquis
Moins, Camargo, que votre nuque.

—Ma flamme...—Do, mi, sol, la, si.
—L'abbé, ta noirceur se dévoile.
—Que je meure, Mesdames, si
Je ne vous décroche une étoile.

—Je voudrais être petit chien!
—Embrassons nos bergères, l'une
Après l'autre.—Messieurs, eh bien?
—Do, mi, sol.—Hé! bonsoir la Lune!

L'ALLÉE

Fardée et peinte comme au temps des bergeries,
Frêle parmi les noeuds énormes de rubans,
Elle passe, sous les ramures assombries,
Dans l'allée où verdit la mousse des vieux bancs,
Avec mille façons et mille afféteries
Qu'on garde d'ordinaire aux perruches chéries.
Sa longue robe à queue est bleue, et l'éventail
Qu'elle froisse en ses doigts fluets aux larges bagues
S'égaie en des sujets érotiques, si vagues
Qu'elle sourit, tout en rêvant, à maint détail.
—Blonde en somme. Le nez mignon avec la bouche
Incarnadine, grasse, et divine d'orgueil
Inconscient.—D'ailleurs plus fine que la mouche
Qui ravive l'éclat un peu niais de l'oeil.

A LA PROMENADE

Le ciel si pâle et les arbres si grêles
Semblent sourire à nos costumes clairs
Qui vont flottant légers avec des airs
De nonchalance et des mouvements d'ailes.

Et le vent doux ride l'humble bassin,
Et la lueur du soleil qu'atténue
L'ombre des bas tilleuls de l'avenue
Nous parvient bleue et mourante à dessein.

Trompeurs exquis et coquettes charmantes
Coeurs tendres mais affranchis du serment
Nous devisons délicieusement,
Et les amants lutinent les amantes

De qui la main imperceptible sait
Parfois donner un soufflet qu'on échange
Contre un baiser sur l'extrême phalange
Du petit doigt, et comme la chose est

Immensément excessive et farouche,
On est puni par un regard très sec,
Lequel contraste, au demeurant, avec
La moue assez clémente de la bouche.

DANS LA GROTTE

Là, je me tue à vos genoux !
Car ma détresse est infinie,
Et la tigresse épouvantable d'Hyrcanie
Est une agnelle au prix de vous.

Oui, céans, cruelle Clymène,
Ce glaive qui, dans maints combats,
Mit tant de Scipions et de Cyrus à bas,
Va finir ma vie et ma peine !

Ai-je même besoin de lui
Pour descendre aux Champs-Elysées ?
Amour perça-t-il pas de flèches aiguisées
Mon coeur, dès que votre oeil m'eût lui ?

LES INGÉNUS

Les hauts talons luttaient avec les longues jupes,
En sorte que, selon le terrain et le vent,
Parfois luisaient des bas de jambe, trop souvent
Interceptés!—et nous aimions ce jeu de dupes.

Parfois aussi le dard d'un insecte jaloux
Inquiétait le col des belles, sous les branches,
Et c'était des éclairs soudains de nuques blanches
Et ce régal comblait nos jeunes yeux de fous.

Le soir tombait, un soir équivoque d'automne:
Les belles, se pendant rêveuses à nos bras,
Dirent alors des mots si spécieux, tout bas,
Que notre âme depuis ce temps tremble et s'étonne.

CORTÈGE

Un singe en veste de brocart
Trotte et gambade devant elle
Qui froisse un mouchoir de dentelle
Dans sa main gantée avec art,

Tandis qu'un négrillon tout rouge
Maintient à tour de bras les pans
De sa lourde robe en suspens,
Attentif à tout pli qui bouge;

Le singe ne perd pas des yeux
La gorge blanche de la dame.
Opulent trésor que réclame
Le torse nu de l'un des dieux;

Le négrillon parfois soulève
Plus haut qu'il ne faut, l'aigrefin,
Son fardeau somptueux, afin
De voir ce dont la nuit il rêve;

Elle va par les escaliers,
Et ne paraît pas davantage
Sensible à l'insolent suffrage
De ses animaux familiers.

LES COQUILLAGES

Chaque coquillage incrusté
Dans la grotte où nous nous aimâmes
A sa particularité,

L'un a la pourpre de nos âmes
Dérobée au sang de nos coeurs
Quand je brûle et que tu t'enflammes;

Cet autre affecte tes langueurs
Et tes pâleurs alors que, lasse,
Tu m'en veux de mes yeux moqueurs;

Celui-ci contrefait la grâce
De ton oreille, et celui-là
Ta nuque rose, courte et grasse;

Mais un, entre autres, me troubla.

EN PATINANT

Nous fûmes dupes, vous et moi,
De manigances mutuelles,
Madame, à cause de l'émoi
Dont l'Été férut nos cervelles.

Le Printemps avait bien un peu
Contribué, si ma mémoire
Est bonne, à brouiller notre jeu,
Mais que d'une façon moins noire!

Car au printemps l'air est si frais
Qu'en somme les roses naissantes,
Qu'Amour semble entr'ouvrir exprès,
Ont des senteurs presque innocentes;

Et même les lilas ont beau
Pousser leur haleine poivrée,
Dans l'ardeur du soleil nouveau,
Cet excitant au plus récrée,

Tant le zéphir souffle, moqueur,
Dispersant l'aphrodisiaque
Effluve, en sorte que le coeur
Chôme et que même l'esprit vaque,

Et qu'émoustillés, les cinq sens
Se mettent alors de la fête,
Mais seuls, tout seuls, bien seuls et sans
Que la crise monte à la tête.

Ce fut le temps, sous de clairs ciels
(Vous en souvenez-vous, Madame?),
Des baisers superficiels
Et des sentiments à fleur d'âme,

Exempts de folles passions,

Pleins d'une bienveillance amène.
Comme tous deux nous jouissions
Sans enthousiasme—et sans peine!

Heureux instants!—mais vint l'Été:
Adieu, rafraîchissantes brises?
Un vent de lourde volupté
Investit nos âmes surprises.

Des fleurs aux calices vermeils
Nous lancèrent leurs odeurs mûres,
Et partout les mauvais conseils
Tombèrent sur nous des ramures

Nous cédâmes à tout cela,
Et ce fut un bien ridicule
Vertigo qui nous affola
Tant que dura la canicule.

Rires oiseux, pleurs sans raisons,
Mains indéfiniment pressées,
Tristesses moites, pâmoisons,
Et quel vague dans les pensées!

L'automne heureusement, avec
Son jour froid et ses bises rudes,
Vint nous corriger, bref et sec,
De nos mauvaises habitudes,

Et nous induisit brusquement
En l'élégance réclamée
De tout irréprochable amant
Comme de toute digne aimée...

Or cet Hiver, Madame, et nos
Parieurs tremblent pour leur bourse,
Et déjà les autres traîneaux
Osent nous disputer la course.

Les deux mains dans votre manchon,
Tenez-vous bien sur la banquette
Et filons!—et bientôt Fanchon
Nous fleurira quoiqu'on caquette!

FANTOCHES

Scaramouche et Pulcinella,
Qu'un mauvais dessein rassembla,
Gesticulent, noirs sur la lune.

Cependant l'excellent docteur
Bolonais cueille avec lenteur
Des simples parmi l'herbe brune.

Lors sa fille, piquant minois,
Sous la charmille en tapinois
Se glisse demi-nue, en quête

De son beau pirate espagnol,
Dont un langoureux rossignol
Clame la détresse à tue-tête.

CYTHÈRE

Un pavillon à claires-voies
Abrite doucement nos joies
Qu'éventent des rosiers amis;

L'odeur des roses, faible, grâce
Au vent léger d'été qui passe,
Se mêle aux parfums qu'elle a mis;

Comme ses yeux l'avaient promis,
Son courage est grand et sa lèvre
Communique une exquise fièvre;

Et l'Amour comblant tout, hormis
La Faim, sorbets et confitures
Nous préservent des courbatures.

EN BATEAU

L'étoile du berger tremblote
Dans l'eau plus noire et le pilote
Cherche un briquet dans sa culotte.

C'est l'instant, Messieurs, ou jamais,
D'être audacieux, et je mets
Mes deux mains partout désormais!

Le chevalier Atys qui gratte
Sa guitare, à Chloris l'ingrate
Lance une oeillade scélérate.

L'abbé confesse bas Églé,
Et ce vicomte déréglé
Des champs donne à son coeur la clé.

Cependant la lune se lève
Et l'esquif en sa course brève
File gaîment sur l'eau qui rêve.

LE FAUNE

Un vieux faune de terre cuite
Rit au centre des boulingrins,
Présageant sans doute une suite
Mauvaise à ces instants sereins

Qui m'ont conduit et t'ont conduite,
Mélancoliques pèlerins,
Jusqu'à cette heure dont la fuite
Tournoie au son des tambourins.

MANDOLINE

Les donneurs de sérénades
Et les belles écouteuses
Échangent des propos fades
Sous les ramures chanteuses.

C'est Tircis et c'est Aminte,
Et c'est l'éternel Clitandre,
Et c'est Damis qui pour mainte
Cruelle fait maint vers tendre.

Leurs courtes vestes de soie,
Leurs longues robes à queues,
Leur élégance, leur joie
Et leurs molles ombres bleues,

Tourbillonnent dans l'extase
D'une lune rose et grise,
Et la mandoline jase
Parmi les frissons de brise.

A CLYMÈNE

Mystiques barcarolles,
Romances sans paroles,
Chère, puisque tes yeux,
    Couleur des cieux,

Puisque ta voix, étrange
Vision qui dérange
Et trouble l'horizon
    De ma raison,

Puisque l'arôme insigne
De ta pâleur de cygne
Et puisque la candeur
    De ton odeur,

Ah! puisque tout ton être,
Musique qui pénètre,
Nimbes d'anges défunts,
    Tons et parfums,

A sur d'almes cadences
En ses correspondances,
Induit mon coeur subtil,
    Ainsi soit-il!

LETTRE

Eloigné de vos yeux, Madame, par des soins
Impérieux (j'en prends tous les dieux à témoins),
Je languis et je meurs, comme c'est ma coutume
En pareil cas, et vais, le coeur plein d'amertume,
A travers des soucis où votre ombre me suit,
Le jour dans mes pensées, dans mes rêves la nuit.
Et la nuit et le jour adorable, Madame!
Si bien qu'enfin, mon corps faisant place à mon âme,
Je deviendrai fantôme à mon tour aussi, moi,
Et qu'alors, et parmi le lamentable émoi
Des enlacements vains et des désirs sans nombre,
Mon ombre se fondra à jamais en notre ombre.

En attendant, je suis, très chère, ton valet.

Tout se comporte-t-il là-bas comme il te plaît,
Ta perruche, ton chat, ton chien? La compagnie
Est-elle toujours belle, et cette Silvanie
Dont j'eusse aimé l'oeil noir si le tien n'était bleu,
Et qui parfois me fit des signes, palsambleu!
Te sert-elle toujours de douce confidente?

Or, Madame, un projet impatient me hante
De conquérir le monde et tous ses trésors pour
Mettre à vos pieds ce gage—indigne—d'un amour
Égal à toutes les flammes les plus célèbres
Qui des grands coeurs aient fait resplendir les ténèbres.
Cléopâtre fut moins aimée, oui, sur ma foi!
Par Marc-Antoine et par César que vous par moi,
N'en doutez pas, Madame, et je saurai combattre
Comme César pour un sourire, ô Cléopâtre,
Et comme Antoine fuir au seul prix d'un baiser.

Sur ce, très chère, adieu. Car voilà trop causer
Et le temps que l'on perd à lire une missive
N'aura jamais valu la peine qu'on l'écrive.

LES INDOLENTS

Bah! malgré les destins jaloux,
Mourons ensemble, voulez-vous?
—La proposition est rare.

—Le rare est le bon. Donc mourons
Comme dans les Décamérons.
—Hi! hi! hi! quel amant bizarre!

—Bizarre, je ne sais. Amant
Irréprochable, assurément.
Si vous voulez, mourons ensemble?

—Monsieur, vous raillez mieux encor
Que vous n'aimez, et parlez d'or;
Mais taisons-nous, si bon vous semble?

Si bien que ce soir-là Tircis
Et Dorimène, à deux assis
Non loin de deux silvains hilares,

Eurent l'inexpiable tort
D'ajourner une exquise mort.
Hi! hi! hi! les amants bizarres!

COLOMBINE

Léandre le sot,
Pierrot qui d'un saut
      De puce
Franchit le buisson,
Cassandre sous son
      Capuce,

Arlequin aussi,
Cet aigrefin si
      Fantasque
Aux costumes fous,
Ses yeux luisants sous
      Son masque,

—Do, mi, sol, mi, fa,—
Tout ce monde va,
      Rit, chante
Et danse devant
Une belle enfant
      Méchante

Dont les yeux pervers
Comme les yeux verts
      Des chattes
Gardent ses appas
Et disent: «A bas
      Les pattes!»

—Eux ils vont toujours!
Fatidique cours
      Des astres,
Oh! dis-moi vers quels
Mornes ou cruels
      Désastres

L'implacable enfant,

Preste et relevant
      Ses jupes,
La rose au chapeau,
Conduit son troupeau
      De dupes?

L'AMOUR PAR TERRE

Le vent de l'autre nuit a jeté bas l'Amour
Qui, dans le coin le plus mystérieux du parc,
Souriait en bandant malignement son arc,
Et dont l'aspect nous fit tant songer tout un jour!

Le vent de l'autre nuit l'a jeté bas! Le marbre
Au souffle du matin tournoie, épars. C'est triste
De voir le piédestal, où le nom de l'artiste
Se lit péniblement parmi l'ombre d'un arbre.

Oh! c'est triste de voir debout le piédestal
Tout seul! et des pensers mélancoliques vont
Et viennent dans mon rêve où le chagrin profond
Évoque un avenir solitaire et fatal.

Oh! c'est triste!—Et toi-même, est-ce pas? es touchée
D'un si dolent tableau, bien que ton oeil frivole
S'amuse au papillon de pourpre et d'or qui vole
Au-dessus des débris dont l'allée est jonchée.

EN SOURDINE

Calmes dans le demi-jour
Que les branches hautes font,
Pénétrons bien notre amour
De ce silence profond.

Fondons nos âmes, nos coeurs
Et nos sens extasiés,
Parmi les vagues langueurs
Des pins et des arbousiers.

Ferme tes yeux à demi,
Croise tes bras sur ton sein,
Et de ton coeur endormi
Chasse à jamais tout dessein.

Laissons-nous persuader
Au souffle berceur et doux
Qui vient à tes pieds rider
Les ondes de gazon roux.

Et quand, solennel, le soir
Des chênes noirs tombera,
Voix de notre désespoir,
Le rossignol chantera.

COLLOQUE SENTIMENTAL

Dans le vieux parc solitaire et glacé
Deux formes ont tout à l'heure passé.

Leurs yeux sont morts et leurs lèvres sont molles,
Et l'on entend à peine leurs paroles.

Dans le vieux parc solitaire et glacé
Deux spectres ont évoqué le passé.

—Te souvient-il de notre extase ancienne?
—Pourquoi voulez-vous donc qu'il m'en souvienne?

—Ton coeur bat-il toujours à mon seul nom?
Toujours vois-tu mon âme en rêve?—Non.

—Ah! les beaux jours de bonheur indicible
Où nous joignions nos bouches!—C'est possible.

Qu'il était bleu, le ciel, et grand l'espoir!
—L'espoir a fui, vaincu, vers le ciel noir.

Tels ils marchaient dans les avoines folles,
Et la nuit seule entendit leurs paroles.

Romances sans paroles (French)

Ariettes Oubliées

    I

> *Le vent dans la plaine*
> *Suspend son haleine.*
> – FAVART.

C'est l'extase langoureuse,
C'est la fatigue amoureuse,
C'est tous les frissons des bois
Parmi l'étreinte des brises,
C'est, vers les ramures grises,
Le choeur des petites voix.

O le frêle et frais murmure!
Cela gazouille et susure,
Cela ressemble au cri doux
Que l'herbe agitée expire...
Tu dirais, sous l'eau qui vire,
Le roulis sourd des cailloux.

Cette âme qui se lamente
En cette plainte dormante,
C'est la nôtre, n'est-ce pas?
La mienne, dis, et la tienne,
Dont s'exhale l'humble antienne
Par ce tiède soir, tout bas?

    II

Je devine, à travers un murmure,

Le contour subtil des voix anciennes
Et dans les lueurs musiciennes,
Amour pâle, une aurore future!

Et mon âme et mon coeur en délires
Ne sont plus qu'une espèce d'oeil double
Où tremblote à travers un jour trouble
L'ariette, hélas! de toutes lyres!

O mourir de cette mort seulette
Que s'en vont, cher amour qui t'épeures
Balançant jeunes et vieilles heures!
O mourir de cette escarpolette!

III

Il pleut doucement sur la ville. – ARTHUR RIMBAUD.

Il pleure dans mon coeur
Comme il pleut sur la ville,
Quelle est cette langueur
Qui pénètre mon coeur?

O bruit doux de la pluie
Par terre et sur les toits!
Pour un coeur qui s'ennuie,
O le chant de la pluie!

Il pleure sans raison
Dans ce coeur qui s'écoeure.
Quoi! nulle trahison?
Ce deuil est sans raison.

C'est bien la pire peine
De ne savoir pourquoi,
Sans amour et sans haine,
Mon coeur a tant de peine!

IV

Il faut, voyez-vous, nous pardonner les choses.
De cette façon nous serons bien heureuses,
Et si notre vie a des instants moroses,
Du moins nous serons, n'est-ce pas? deux pleureuses.

O que nous mêlions, âmes soeurs que nous sommes,
A nos voeux confus la douceur puérile
De cheminer loin des femmes et des hommes,
Dans le frais oubli de ce qui nous exile.

Soyons deux enfants, soyons deux jeunes filles
Éprises de rien et de tout étonnées,
Qui s'en vont pâlir sous les chastes charmilles
Sans même savoir qu'elles sont pardonnées.

V

Son joyeux, importun d'un clavecin sonore.
— PÉTRUS BOREL.

Le piano que baise une main frêle
Luit dans le soir rose et gris vaguement,
Tandis qu'avec un très léger bruit d'aile
Un air bien vieux, bien faible et bien charmant,

Rôde discret, épeuré quasiment,
Par le boudoir longtemps parfumé d'Elle.
Qu'est-ce que c'est que ce berceau soudain
Qui lentement dorlotte mon pauvre être?

Que voudrais-tu de moi, doux chant badin?
Qu'as-tu voulu, fin refrain incertain
Qui va tantôt mourir vers la fenêtre
Ouverte un peu sur le petit jardin?

VI

C'est le chien de Jean de Nivelle
Qui mord sous l'oeil même du guet
Le chat de la mère Michel;
François-les-bas-bleus s'en égaie.

La lune à l'écrivain public
Dispense sa lumière obscure
Où Médor avec Angélique
Verdissent sur le pauvre mur.

Et voici venir La Ramée
Sacrant en bon soldat du Roi.
Sous son habit blanc mal famé
Son coeur ne se tient pas de joie!

Car la boulangère...—Elle?—Oui dame!
Bernant Lustucru, son vieil homme,
A tantôt couronné sa flamme...
Enfants, *Dominus vobiscum*!

Place! en sa longue robe bleue
Toute en satin qui fait frou-frou,
C'est une impure, palsembleu!
Dans sa chaise qu'il faut qu'on loue,

Fût-on philosophe ou grigou,
Car tant d'or s'y relève en bosse,
Que ce luxe insolent bafoue
Tout le papier de monsieur Loss!

Arrière, robin crotté! place,
Petit courtaud, petit abbé,
Petit poète jamais las
De la rime non attrapée!

Voici que la nuit vraie arrive...

Cependant jamais fatigué
D'être inattentif et naïf?
François-les-bas-bleus s'en égaie.

    VII

O triste, triste était mon âme
A cause, à cause d'une femme.
Je ne me suis pas consolé
Bien que mon coeur s'en soit allé,

Bien que mon coeur, bien que mon âme
Eussent fui loin de cette femme.
Je ne me suis pas consolé
Bien que mon coeur s'en soit allé.

Et mon coeur, mon coeur trop sensible
Dit à mon âme: Est-il possible,
Est-il possible,—le fût-il,—
Ce fier exil, ce triste exil?

Mon âme dit à mon coeur: Sais-je
Moi-même, que nous veut ce piège
D'être présents bien qu'exilés,
Encore que loin en allés?

    VIII

Dans l'interminable
Ennui de la plaine,
La neige incertaine
Luit comme du sable.

Le ciel est de cuivre
Sans lueur aucune,
On croirait voir vivre

Et mourir la lune.

Comme des nuées
Flottent gris les chênes
Des forêts prochaines
Parmi les buées.

Le ciel est de cuivre
Sans lueur aucune.
On croirait voir vivre
Et mourir la lune.

Corneille poussive
Et vous les loups maigres,
Par ces bises aigres
Quoi donc vous arrive?

Dans l'interminable
Ennui de la plaine,
La neige incertaine
Luit comme du sable.

IX

> *Le rossignol, qui du haut d'une branche se regarde dedans, croit être tombé dans la rivière. Il est au sommet d'un chêne et toutefois il a peur de se noyer.*
> – CYRANO DE BERGERAC.

L'ombre des arbres dans la rivière embrumée
    Meurt comme de la fumée,
Tandis qu'en l'air, parmi les ramures réelles,
    Se plaignent les tourterelles.

Combien, ô voyageur, ce paysage blême
    Te mira blême toi-même,
Et que tristes pleuraient dans les hautes feuillées
    Tes espérances noyées?

― Mai, juin 1872.

Paysages Belges

«Conquestes du Roy.» ― Vieilles estampes.

WALCOURT

Briques et tuiles,
O les charmants
Petits asiles
Pour les amants!

Houblons et vignes,
Feuilles et fleurs,
Tentes insignes
Des francs buveurs!

Guinguettes claires,
Bières, clameurs,
Servantes chères
A tous fumeurs!

Gares prochaines,
Gais chemins grands...
Quelles aubaines,
Bons juifs errants!

― Juillet 1873.

CHARLEROI

Dans l'herbe noire
Les Kobolds vont.
Le vent profond
Pleure, on veut croire.

Quoi donc se sent?
L'avoine siffle.
Un buisson giffle
L'oeil au passant.

Plutôt des bouges
Que des maisons.
Quels horizons
De forges rouges!

On sent donc quoi?
Des gares tonnent,
Les yeux s'étonnent,
Où Charleroi?

Parfums sinistres?
Qu'est-ce que c'est?
Quoi bruissait
Comme des sistres?

Sites brutaux!
Oh! votre haleine,
Sueur humaine,
Cris des métaux!

Dans l'herbe noire
Les Kobolds vont.
Le vent profond
Pleure, on veut croire.

BRUXELLES

Simples Fresques

I

La fuite est verdâtre et rose
Des collines et des rampes,
Dans un demi-jour de lampes
Qui vient brouiller toute chose.

L'or sur les humbles abîmes,
Tout doucement s'ensanglante,
Des petits arbres sans cimes,
Où quelque oiseau faible chante.

Triste à peine tant s'effacent
Ces apparences d'automne.
Toutes mes langueurs rêvassent,
Que berce l'air monotone.

II

L'allée est sans fin
Sous le ciel, divin
D'être pâle ainsi!
Sais-tu qu'on serait

Bien sous le secret
De ces arbres-ci?
Des messieurs bien mis,
Sans nul doute amis

Des Royers-Collards,
Vont vers le château.
J'estimerais beau
D'être ces vieillards.

Le château, tout blanc
Avec, à son flanc,
Le soleil couché.
Les champs à l'entour...
Oh! que notre amour
N'est-il là niché!

— Estaminet du Jeune Renard, août 1872.

BRUXELLES

Chevaux de Bois

> *Par Saint-Gille,*
> *Viens-nous-en,*
> *Mon agile*
> *Alezan.* – V. Hugo.

Tournez, tournez, bons chevaux de bois,
Tournez cent tours, tournez mille tours,
Tournez souvent et tournez toujours,
Tournez, tournez au son des hautbois.

Le gros soldat, la plus grosse bonne
Sont sur vos dos comme dans leur chambre;
Car, en ce jour, au bois de la Cambre,
Les maîtres sont tous deux en personne.

Tournez, tournez, chevaux de leur coeur,
Tandis qu'autour de tous vos tournois
Clignotte l'oeil du filou sournois,
Tournez au son du piston vainqueur.

C'est ravissant comme ça vous soûle
D'aller ainsi dans ce cirque bête!
Bien dans le ventre et mal dans la tête,
Du mal en masse et du bien en foule.

Tournez, tournez, sans qu'il soit besoin
D'user jamais de nuls éperons,
Pour commander à vos galops ronds,
Tournez, tournez, sans espoir de foin.

Et dépêchez, chevaux de leur âme,
Déjà, voici que la nuit qui tombe
Va réunir pigeon et colombe,
Loin de la foire et loin de madame.

Tournez, tournez ! le ciel en velours
D'astres en or se vêt lentement.
Voici partir l'amante et l'amant.
Tournez au son joyeux des tambours.

— Champ de foire de Saint-Gilles, août 1872.

MALINES

Vers les prés le vent cherche noise
Aux girouettes, détail fin
Du château de quelque échevin,
Rouge de brique et bleu d'ardoise,
Vers les prés clairs, les prés sans fin...

Comme les arbres des féeries
Des frênes, vagues frondaisons,
Échelonnent mille horizons
A ce Sahara de prairies,
Trèfle, luzerne et blancs gazons,

Les wagons filent en silence
Parmi ces sites apaisés.
Dormez, les vaches! Reposez,
Doux taureaux de la plaine immense,
Sous vos cieux à peine irisés!

Le train glisse sans un murmure,
Chaque wagon est un salon
Où l'on cause bas et d'où l'on
Aime à loisir cette nature
Faite à souhait pour Fénelon.

— Août, 1872.

BIRDS IN THE NIGHT

Vous n'avez pas eu toute patience,
Cela se comprend par malheur, de reste.
Vous êtes si jeune! et l'insouciance,
C'est le lot amer de l'âge céleste!

Vous n'avez pas eu toute la douceur,
Cela par malheur d'ailleurs se comprend;
Vous êtes si jeune, ô ma froide soeur,
Que votre coeur doit être indifférent!

Aussi me voici plein de pardons chastes,
Non certes! joyeux, mais très calme, en somme,
Bien que je déplore, en ces mois néfastes,
D'être, grâce à vous, le moins heureux homme.

Et vous voyez bien que j'avais raison
Quand je vous disais, dans mes moments noirs,
Que vos yeux, foyer de mes vieux espoirs,
Ne couvaient plus rien que la trahison.

Vous juriez alors que c'était mensonge
Et votre regard qui mentait lui-même
Flambait comme un feu mourant qu'on prolonge,
Et de votre voix vous disiez: «Je t'aime!»

Hélas! on se prend toujours au désir
Qu'on a d'être heureux malgré la saison...
Mais ce fut un jour plein d'amer plaisir,
Quand je m'aperçus que j'avais raison!

Aussi bien pourquoi me mettrai-je à geindre?
Vous ne m'aimez pas, l'affaire est conclue,
Et, ne voulant pas qu'on ose se plaindre,
Je souffrirai d'une âme résolue.

Oui, je souffrirai, car je vous aimais!

Mais je souffrirai comme un bon soldat
Blessé, qui s'en va dormir à jamais,
Plein d'amour pour quelque pays ingrat.

Vous qui fûtes ma Belle, ma Chérie,
Encor que de vous vienne ma souffrance,
N'êtes-vous donc pas toujours ma Patrie,
Aussi jeune, aussi folle que la France?

Or, je ne veux pas,—le puis-je d'abord?
Plonger dans ceci mes regards mouillés.
Pourtant mon amour que vous croyez mort
A peut-être enfin les yeux dessillés.

Mon amour qui n'est que ressouvenance,
Quoique sous vos coups il saigne et qu'il pleure
Encore et qu'il doive, à ce que je pense,
Souffrir longtemps jusqu'à ce qu'il en meure,

Peut-être a raison de croire entrevoir
En vous un remords qui n'est pas banal.
Et d'entendre dire, en son désespoir,
A votre mémoire: ah! fi que c'est mal!

Je vous vois encor. J'entr'ouvris la porte.
Vous étiez au lit comme fatiguée.
Mais, ô corps léger que l'amour emporte,
Vous bondîtes nue, éplorée et gaie.

O quels baisers, quels enlacements fous!
J'en riais moi-même à travers mes pleurs.
Certes, ces instants seront entre tous
Mes plus tristes, mais aussi mes meilleurs.

Je ne veux revoir de votre sourire
Et de vos bons yeux en cette occurrence
Et de vous, enfin, qu'il faudrait maudire,
Et du piège exquis, rien que l'apparence

Je vous vois encor! En robe d'été
Blanche et jaune avec des fleurs de rideaux.
Mais vous n'aviez plus l'humide gaîté
Du plus délirant de tous nos tantôts,

La petite épouse et la fille aînée
Était reparue avec la toilette,
Et c'était déjà notre destinée
Qui me regardait sous votre voilette.

Soyez pardonnée! Et c'est pour cela
Que je garde, hélas! avec quelque orgueil,
En mon souvenir qui vous cajola,
L'éclair de côté que coulait votre oeil.

Par instants, je suis le pauvre navire
Qui court démâté parmi la tempête,
Et ne voyant pas Notre-Dame luire
Pour l'engouffrement en priant s'apprête.

Par instants, je meurs la mort du pécheur
Qui se sait damné s'il n'est confessé,
Et, perdant l'espoir de nul confesseur,
Se tord dans l'Enfer qu'il a devancé.

O mais! par instants, j'ai l'extase rouge
Du premier chrétien, sous la dent rapace,
Qui rit à Jésus témoin, sans que bouge
Un poil de sa chair, un nerf de sa face!

    — Bruxelles-Londres. — Septembre-octobre 1872.

Aquarelles

GREEN

Voici des fruits, des fleurs, des feuilles et des branches,
Et puis voici mon coeur, qui ne bat que pour vous.
Ne le déchirez pas avec vos deux mains blanches
Et qu'à vos yeux si beaux l'humble présent soit doux.

J'arrive tout couvert encore de rosée
Que le vent du matin vient glacer à mon front.
Souffrez que ma fatigue, à vos pieds reposée,
Rêve des chers instants qui la délasseront.

Sur votre jeune sein laissez rouler ma tête
Toute sonore encore de vos derniers baisers;
Laissez là s'apaiser de la bonne tempête,
Et que je dorme un peu puisque vous reposez.

SPLEEN

Les roses étaient toutes rouges,
Et les lierres étaient tout noirs.

Chère, pour peu que tu te bouges,
Renaissent tous mes désespoirs.

Le ciel était trop bleu, trop tendre,
La mer trop verte et l'air trop doux.

Je crains toujours,—ce qu'est d'attendre
Quelque fuite atroce de vous.

Du houx à la feuille vernie
Et du luisant buis je suis las,

Et de la campagne infinie
Et de tout, fors de vous, hélas!

STREETS

I

    Dansons la gigue!

J'aimais surtout ses jolis yeux,
Plus clairs que l'étoile des cieux,
J'aimais ses yeux malicieux.

    Dansons la gigue!

Elle avait des façons vraiment
De désoler un pauvre amant,
Que c'en était vraiment charmant!

    Dansons la gigue!

Mais je trouve encor meilleur
Le baiser de sa bouche en fleur,
Depuis qu'elle est morte à mon coeur.

    Dansons la gigue!

Je me souviens, je me souviens
Des heures et des entretiens,
Et c'est le meilleur de mes biens.

    Dansons la gigue!

    – Soho.

II

O la rivière dans la rue!
Fantastiquement apparue
Derrière un mur haut de cinq pieds,

Elle roule sans un murmure
Sans onde opaque et pourtant pure,
Par les faubourgs pacifiés.

La chaussée est très large, en sorte
Que l'eau jaune comme une morte
Dévale ample et sans nuls espoirs
De rien refléter que la brume,
Même alors que l'aurore allume
Les cottages jaunes et noirs.

     – Paddington.

CHILD WIFE

Vous n'avez rien compris à ma simplicité,
      Rien, ô ma pauvre enfant!
Et c'est avec un front éventé, dépité,
      Que vous fuyez devant.

Vos yeux qui ne devaient refléter que douceur,
      Pauvre cher bleu miroir,
Ont pris un ton de fiel, ô lamentable soeur,
      Qui nous fait mal à voir.

Et vous gesticulez avec vos petit-bras
      Comme un héros méchant,
En poussant d'aigres cris poitrinaires, hélas!
      Vous qui n'étiez que chant!

Car vous avez eu peur de l'orage et du coeur
      Qui grondait et sifflait,
Et vous bêlâtes avec votre mère—ô douleur!—
      Comme un triste agnelet.

Et vous n'avez pas su la lumière et l'honneur
      D'un amour brave et fort,
Joyeux dans le malheur, grave dans le bonheur,
      Jeune jusqu'à la mort!

A POOR YOUNG SHEPHERD

J'ai peur d'un baiser
Comme d'une abeille.
Je souffre et je veille
Sans me reposer.
J'ai peur d'un baiser!

Pourtant j'aime Kate
Et ses yeux jolis.
Elle est délicate,
Aux longs traits pâlis.
Oh! que j'aime Kate!

C'est saint Valentin!
Je dois et je n'ose
Lui dire au matin...
La terrible chose
Que saint Valentin!

Elle m'est promise,
Fort heureusement!
Mais quelle entreprise
Que d'être un amant
Près d'une promise!

J'ai peur d'un baiser
Comme d'une abeille.
Je souffre et je veille
Sans me reposer:
J'ai peur d'un baiser!

BEAMS

Elle voulut aller sur les flots de la mer,
Et comme un vent bénin soufflait une embellie,
Nous nous prêtâmes tous à sa belle folie,
Et nous voilà marchant par le chemin amer.

Le soleil luisait haut dans le ciel calme et lisse,
Et dans ses cheveux blonds c'étaient des rayons d'or,
Si bien que nous suivions son pas plus calme encor
Que le déroulement des vagues, ô délice!

Des oiseaux blancs volaient alentour mollement.
Et des voiles au loin s'inclinaient toutes blanches.
Parfois de grands varechs filaient en longues branches,
Nos pieds glissaient d'un pur et large mouvement.

Elle se retourna, doucement inquiète
De ne nous croire pas pleinement rassurés;
Mais nous voyant joyeux d'être ses préférés,
Elle reprit sa route et portait haut sa tête.

– Douvres-Ostende, à bord de la «Comtesse-de-Flandre». 4 Avril 1873.

Other Books by the Publisher

Fanchette's Pretty Little Foot by Restif de La Bretonne

Je M'Accuse... by Léon Bloy

My Hospitals & My Prisons by Paul Verlaine

Salvation Through the Jews by Léon Bloy

Words of a Demolitions Contractor by Léon Bloy

Cellulely by Paul Verlaine

Ecclesiastical Laurels by Jacques Rochette de la Morlière

Flowers of Bitumen by Émile Goudeau

Songs for Her & Odes in Her Honor by Paul Verlaine

On Huysmans' Tomb by Léon Bloy

Ten Years a Bohemian by Émile Goudeau

The Soul of Napoleon by Léon Bloy

Blood of the Poor by Léon Bloy

Joan of Arc and Germany by Léon Bloy

Theresa the Philosopher & The Carmelite Extern Nun by Marquis d'Argens & Anne-Gabriel Meusnier de Querlon

A Platonic Love by Paul Alexis

Two Novellas: Francine Cloarec's Funeral and Benjamin Rozes by Léon Hennique

The Revealer of the Globe: Christopher Columbus & His Future Beatification (Part One) by Léon Bloy

Héloïse Pajadou's Calvary by Lucien Descaves

An Immodest Proposal by Dr. Helmut Schleppend

The Pornographer by Restif de La Bretonne

Style (Theory and History) by Ernest Hello

On the Threshold of the Apocalypse: 1913-1915 by Léon Bloy

She Who Weeps (Our Lady of La Salette) by Léon Bloy

The Sylph by Claude Prosper Jolyot de Crébillon (*fils*)

School of Woman by Nicolas Chorier

Voyage in France by a Frenchman by Paul Verlaine

Ourigan, Oregon by William Clark, Richard Robinson, and anonymous

Drowning by Yu Dafu

Cull of April by Francis Vielé-Griffin

The Misfortune of Monsieur Fraque by Paul Alexis

Printed in Great Britain
by Amazon